황혼에 비친 달

황혼에 비친 달

2025년 6월 30일 초판 1쇄 인쇄 발행

지 은 이 | 양지연
펴 낸 이 | 박종래
펴 낸 곳 | 도서출판 명성서림

등록번호 | 301-2014-013
주   소 | 04625 서울시 중구 필동로 6 (2, 3층)
대표전화 | 02)2277-2800
팩   스 | 02)2277-8945
이 메 일 | msprint8944@naver.com

값 10,000원
ISBN 979-11-7439-001-1

양지연 시집

황혼에 비친 달

작가의 말

시절인연 속에 온 정신을 통째로
자연과 인생을 노래하며
꺼져가는 영혼의 심지에 불을 붙여
내 삶의 살아온 자취를 용기를 내어
첫 시집 〈황혼에 비친 달〉을
발간하여 인사를 드립니다.
나의 마음에 간직했던 진솔한 이야기가
누군가에게 꽃향기가 되어
전달되었으면 합니다.
평생을 내 곁을 지켜준 든든한 남편과
사랑하는 아들 딸,며느리 사위,
손자 손녀에게 고마운 마음을 전하며,
시집을 발간하는데 도움 주신 분들께도
진심으로 감사드립니다.

2025년 5월에
青林 양지연

1부.

벚꽃 속에 내가 있다

◉

2부.

고목이 된 느티나무

3부.

하늘의 천사 흰 구름

●

4부.

할미꽃 정원

‖‖‖

1부.

벚꽃 속에 내가 있다

희망의 봄을 그리다

양지바른 곳에는 눈이 녹고
영산홍 파릇한 잎 새
방긋이 촉을 내밀있다
엊그제 까지도 죽은듯하더니
봄바람에 잎 새 피어 날 반겼다

아마도 며칠 후면 꽃망울도 피겠지
아직은 찬바람도 간간이 불겠지만
한낮의 봄기운에 생물들이 깨어났다

며칠 후면 개나리가 노랗게 피어
오가는 산책객들을 눈요기 시켜주겠지
훈훈한 봄을 그리며
새로운 희망을 노래하리라

아름답다 개나리꽃

훈훈한 봄바람에
꽃등을 밝힌 개나리
조르륵 병아리 떼 같이
오가는 길목 방죽 사이를
올해도 잊지 않고
상큼하게 피어
바라보는 마음 설레게 하구나

철모르고 꽃가지 꺾어들고
들길을 겅중거리던 때가 있었는데
그 소녀는 어디로 갔을까
길을 걸어가다가 마주치는 사람에게
사진 한 장 부탁하며
흰 머리를 쓸어 넘겼다

벚꽃 속에 내가 있다

뚝 방길 위에 벚꽃이 활짝 피었다
사월의 싱그러운 바람타고
개나리와 영산홍이
봄바람의 유혹에 춤추고
아름다운 꽃길 걷는 나도
그냥 즐거워 꽃들처럼 흔들고 걸었다

젊은 날을 추억하며
옛 친구 생각에 젖어
벚꽃 길 놓여진 벤치에 앉아
파란 하늘 떠가는 구름에
내 안의 소녀가 둥실 떠 있다

한 잎 두 잎 날려가는
진 꽃 잎 같은 노인 속에
어린아이로 다시 봄이 찾아 왔다

봄바람

하늘이 산뜩 씨우리고
비가 올 것 같이 울적하다
모진 바람 불어와
곱게 물든 꽃잎들
하염없이 떨어지고
봄볕은 간데없이 모습을 감추니
봄나들이 즐기는 객들도
잔뜩 움츠리고 걷는다

햇살 참 눈부신 날

오랜만에 부용천을 산책했다
봄꿈에 부픈 개나리는 피어 반기고
벚꽃은 반 쯤 피어 있다
둥둥 떠가는 구름이 깃털처럼 흘렀다

계절 따라
아름다움을 선물해 주시는
주님은혜 숨결에 감사하며
뉘라서 이 세상을 참되게 해주실까
오직 인류를 사랑하시는
주님이시로다

봄은 오고

햇살 좋은 오후에
버들강아지 뽀얗게 눈 뜨고
연두 줄기에 새 잎 돋아
싱싱한 기쁨 전해 주는 날

따사로운 봄바람이
살랑살랑 불어와
두터운 외투를 벗게 한다

하얀 구름도 봄바람이 밀어와
하늘에 곱게 수를 놓고

꽃피는 춘삼월에는
개나리 영산홍 목련들이 다투어
꽃향기로 자랑하겠지

심술쟁이 봄바람

노란 웃음꽃 주는 애기똥풀 꽃
얄미운 봄바람에 살랑살랑
피랗게 기저귀도 촜다

민들레도 지고 개나리도
잰 걸음으로 가고나니
씀바귀 꽃과 같이 노랗게
들판에 널렸다

바람은 한가롭지 않게
이 꽃 저 꽃 어루만지고
봄소식도 잠깐 가버렸다

부용천을 걸으며

삼시 짬을 내어 부용천을 걷는다
곱게 피었던 벚꽃은 자취를 감추고
세월의 무상함을 느끼게 한다

청둥오리 떼 쌍을 지어
물갈퀴를 저으며 장난치고
물고기 떼 친구하자고 반겨준다

봄을 맞아 생동감으로 넘치는
아름다운 자연 앞에 심호흡 한다

물결 따라 오가는 오리 떼 물고기들
물결 동무하여 어디로 흘러갈거나

짧았던 봄날은 가고

눈 시린 파란 하늘에
돛단배 같은 흰 구름 흘러가고
오목교 가는 길은
환상적인 꽃 군무를 펼쳤다

꽃길에 놓여 있는
긴 의자에 친구와 앉아서
마음 열고 꽃처럼 피는 이야기
지나온 학창시절과 같은 느낌이다

화려했던 꽃들의 향연도 잠시
아쉬움을 남겨 놓고
꽃비로 쏟아져 날렸다

반갑지 않은 손님

남쪽으로부터 봄바람 불어오면
벚꽃, 목련, 개나리, 진달래
한꺼번에 만발했는데
꽃향기에 취할 사이도 없이
홀홀 황사가 몰려와 원망스럽다

몽골에서 모래먼지
삼천리금수강산 곳곳마다
황사로 뒤덮으니
마음 놓고 외출도 못하고
거추장스러운 마스크 썼다

꽃피는 봄은
예기치 않은 걱정만 한 짐 부려놓아
꽃잎들도 황사바람에 큰 울음 울고
송홧가루처럼 언짢게 날렸다

봄비 오는 소리

봄을 부르는 비
움츠렸던 잎 새들 날개 폈다

파릇한 병아리 잎 새 돋을 때
경칩에 겨울잠에서 개구리 튀어나오고
냇가의 버들강아지도 눈 뜨겠지

봄비가 온 누리를 적시면
삼라만상이 깨어나
갖가지 초목에서 생명이 움트고
따스한 봄기운에
우리의 몸도 마음도
스르르 봄눈 녹듯 하겠지

춘삼월에

부용전 놀 틈새로 개나리 피어
봄나들이 하는 병아리떼처럼
꽃잎은 꼬까옷 입고 눈 맞추는 봄날
시샘하듯 영산홍 빨갛게
춘삼월을 장식하고 깔깔 거린다

움츠린 가슴 열어
생기를 넘치게 하는 봄맞이
황혼길 가는 내 가슴도
두근두근 거린다

4월에 피는 목련꽃

목련이 곱게 피더니
며칠 지나고 보니
어느새 꽃잎 날려 자취도 없다

화려한 목련꽃 지듯이
우리네 인생살이
화무십일홍 이라고

시샘하는 바람에 쫓겨 가는
인생은 유한함을
꿈 깨면 이미 사라진
꽃잎 같은 인생의 말로 인 것을

수선화 향기

그대의 소용하고 포근한 모습
한 떨기 수선화라 부르고 싶소
은은한 미소와 수줍은 그 모습
수선화를 보는 것 같소

세월의 뒤안길에서 묵묵히
아름답게 피어
보는 사람도 아름다워라
바람에 날려 온 수선화 향기
그윽하게 곱디고운 그 자태
보는 마음 길이 즐거워라

친구생각

화사한 봄이 오면 소꿉친구 생각에
갈수록 그리움은 별처럼 떠올라
먼 산 진달래
들에 개나리 피어나듯
봄은 다시 왔건만
너와의 추억은 아련하여라

그리운 친구야
대답 없는 너의 이름 불러본다

흰 구름 두둥실 떠가듯
내 마음도 함께 떠가서
아름다운 무지개다리에서
너와 다시 손잡아 주고 싶어라

바람이고 싶어라

모두를 품어주는
바람이고 싶어라

폭염에 지친 육신
시원하게 식혀주는
바람이고 싶어라

모든 시름을 달래어주는
고마운 바람이고 싶어라

가슴을 드러내놓고
모두를 편히 다가오게 하는
스스럼없는 바람이고 싶어라

자랑스러운 그대들

꽃봉오리 피지도 못하고
숭고하게 스러져간 그대들
6.25가 할퀴고 간 상혼
이 날은 보훈의 날

자랑스러운 그대들의 고고한 희생
그 무엇으로 위로 하리오
나도 모르게
옷깃으로 눈물을 훔치게 되고

동족상잔의 비극 앞에
고귀한 젊은이들의 영령들을 기리는
마음 아픔에 고개 숙이고
가슴 속으로 빗물처럼
그 상처를 흘려보냈다

6월에 핀 장미

빛깔 고운 붉은 장미
6월에 피는 열정
고운님들의 넋인가

6월은 호국 영령들의 달
그 아픈 상처로 피어난
흑장미 꽃으로 다가선 넋

나라 위해 고귀한 목숨 바쳤으니
부디 하늘나라에서
영화로운 꽃으로 피소서

폭염

무더위에 숨이 가쁘다
지구가 중병을 앓고 있나보다
용광로 속이라고들 푸념들이다
뜨겁다 못해 타는 느낌이다

폭염에 달구어진 몸을
연신 찬물을 끼얹어 식히다가
냉수를 벌컥대고 마시고나니
천국이 부럽지 않다

차가운 냉수마찰
시원한 냉수 한 모금

소나기

엉엉을 울리더니
소나기와 함께 천둥번개를 치고
주위가 소란해졌다

거짓말처럼
먹장구름 물러가고
찌푸린 하늘이 맑게 개었다

빗소리에 놀랐던 가슴이
해님을 보고 웃는다

부용천 나들이

오랜만에 부용천에 나왔다
황토물이 넘실대는데
며칠 새에 새끼들이 늘었는지
천둥오리 가족이 모여 논다
어미오리의 진두지휘에
천진난망 이라더니 졸랑졸랑 따른다

흐르는 물에 시름을 날려 보내고
상상의 나래를 펴고 걷다보면
물속에서 헤엄치던 잉어 떼가
풀떡 물 위로 튀어 올라
반갑다고 입을 벌려 인사를 하는 듯하다

산들바람이 불어와

햇살 좋은 날은
산들바람이 위로하니
세상이 밝아 보였다

푸른 숲 사이로
새들이 쩍쩍대는 소리에
쪽빛 하늘 하얀 구름과
인사 나누고 싶어라

잠자는 나무를 산들산들
조용히 어루만지면
잎사귀들 한들거리고 춤 추고

무거운 발걸음도 재촉하여
걷게 하는 산들바람
놀라운 기쁨을 주니
친구하고 싶어라

2부.

고목이 된 느티나무

고목이 된 느티나무

우리 부부에게도
꿈 많던 젊은 시절을 보냈다

사는 동안 모진 폭풍우도 수 없이 겪었고
매서운 눈보라도 수 없이 불었다
그런 시련 속에서도
사남매를 낳아 잘 키워내고
눈바람 맞서서 과묵히 지켜주며
밝은 에너지의 시간으로 채워주던
그 시절이 그립다

오랜 세월에 이끌려 어느새
고목이 된 느티나무
아직도 푸른 꿈 높은 나무로 서 있다

천생 열정과 부지런함으로
구십 사년의 꿋꿋한 모습은
세월의 무상함이 고목으로 버티고 섰다

마냥 그 자리

계절은 쉼 없이 달려가고
우리네 인생살이도 속수무책
계절에 순응하여 달려간다

늘그막 일상도 미지의 세계를
잘 달려가 보려는 노력도
이젠 높으신 주님께 모두 맡기고
감사하는 마음이 앞을 선다

남을 위해 베풀 수 있는
넉넉한 마음가짐으로 하루를 시작한다

언제나 기도하는 마음으로
나눔의 시간을 행동으로 옮기며
바른 섬김의 자세를 소망 한다

황혼 빛 인생

싸늘한 초겨울 날씨에
저무는 황혼 빛 바쁜 걸음
하루가 너무 짧아 종종 걸음

숨 가쁘게 달려온 지난날들
황혼의 끝자락에 남은 세월
귀한 친구들과
내 주변의 모든 이들

소중한 만남을 글로 나누며
살뜰하게 길을 내주는 선생님
서로 깊이 물드는 우리 사랑
아우르며 감사로 배우리라

부부의 날에

내가 부지런한 것은 그대 있기에
내가 일찍 일어나는 것도 그대 있기에
나는 그대의 수발을 들기 위해 존재하고
그러다보니 하루가 행복의 시작이다

만약 내가 혼자였다면
아침엔 늦잠을 자고
자리에 누워 뒹굴뒹굴
마냥 게으름 피울 건데

그대가 있어 나는 부지런하고
그대 덕에 끼니 거르지 않고
나의 건강이 그대의 건강이고
그대의 행복이 나의 행복이다

믿음과 사랑과 배려하는 마음으로
세상 모든 존재에 대해
인정을 베풀 수 있어
동반자로서 고맙기 때문이다

금 쪽 네 쪽

금 쪽이 네 쪽인 나는 행복하다
귀한 금 쪽을 두 쪽으로 보내주고
지금은 네 쪽이 다 나가고
남은 것은 고목이 된 우리 두 사람

거동이 불편한 내 곁에 유일한 동반자
고목이 된 영감이 쉼 없이 도와주니
오늘 하루도 알 콩 달 콩
즐거운 하루

금 쪽 같은 네 남매
세월 따라 예법 따라
모두 곁을 떠나 멀리 보고 있으나
주말엔 서로 찾아오는 반가움
더 할 나위 없이 행복하다

감기몸살

마니마니 쑤시고 아픈데도
삼인치 약과 주사를 맞고
삐걱거리는 몸이지만 용기를 내어
가뿐한 모습 보여주려고 하지만
머리는 무겁다

옛날 함께했던 친구들 중
두세 명은 저 세상 사람이 되었고
남은 너 댓 명을 오랜만에 만나려고
밤잠을 설치며 설레었다

추억의 뒤안길에서

새벽부터 내리던 눈이
온천지를 새하얀 카펫으로 덮었다
앙상한 나무들도 하얀 석고로
아픈 상처 깁스를 했다

지난 세월 열다섯 소녀는
눈 오는 날이면 마냥 즐거워
눈사람 만들고 눈싸움도 하고

그때의 그 소녀는
세월의 뒤안길에서
추억여행에 친구들 이름을 호명 한다
만나지는 못해도 볼그레한 얼굴 그려보며
새록새록 그리워지는 친구들아!

부디 아프지 마세요

옆자리 언제나 지켜주시던
유일한 사람
그대 없는 빈자리가 너무 허전해
황량한 바람 가슴을 치니
오늘 하루가 외롭고 쓸쓸해요

감기몸살 이겨내고 빨리 일어나
휑한 빈자리 채워주시고
건강한 얼굴로 마주보며
따뜻한 커피 한 잔으로 정을 나눠요

요한 커피

우리 부부는
아침식사를 마치면
요한 커피 한 잔
서로 마주보며 마시는 즐거움

하루도 거르지 않고 타주시는 커피
요한 커피 한잔으로
온 집안에 퍼지는 향기

행복하고 고마운 마음
달달한 커피를 머금고
하루를 시작하는 우리 부부

꼬물이 손녀가

수능시험 보게 되는 손녀 채원이
엊그제 꼬물이던 채원이가
어느새 대학수능고사라니
너무 감격스럽고
잘 자라서 자랑스럽다

늦은 결혼에 채원을 낳았을 때
감격스러워 기뻤고
수능시험을 본다니 기도하는 마음
더욱 절실하다

제발 차분하게 모든 과목을
잘 보기를
주님께 기도로 응원 한다

소쩍새 울던 날

낙엽이 떨어지는 날에
어머니도 세상을 버리셨다
십남매를 품에 보듬어 가며
굳건히 사시었던 어머니

가을 낙엽에 묻혀
영원히 소천하신 어머니
국화꽃을 좋아하시던 어머니는
국화꽃으로 장식하시고
우리 곁을 떠나셨어도
그 향기만은 살아있습니다

오늘도 소쩍소쩍
먼 산 소쩍새 울음소리에
이리도 눈물이 흐르는 것은
어머니가 못내 그립기 때문입니다

오박 육일의 대장정

내 나이 구십 분턱에
단체여행길에 올라
첫째 날은
남양주 정약용 선생의 생가 방문
선사시대 움막 촌을 보고
스위스 그랜드호텔에 묵었다

둘째날은
자유의 다리와 통일 전망대를 돌고
오후엔 경복궁과 민속박물관을 구경하고
프레지던트 호텔에서 만찬을 즐겼다

셋째 날이 되어
현충공원을 들려서 박대통령께 참배하고
생가를 둘러보고
경주로 내려갔다
경주의 밤은 베스트웨스턴에서 여장을 풀었다

넷째 날에 유서 깊은 신라의
불국사, 석굴암을 구경하고
우거진 소나무 숲 솔 향에 피로가 풀렸다

다섯째 날은 영주의 소수서원을 방문하니
옛 선비들이 공부한 책도 있고
사방으로 소나무 숲은
학동들의 숨결을 머금고 있다

별이 된 친구

밤새 안녕이라고 친구 하나
별나라로 떠났다

민들레 홀씨처럼 하얀 꽃구름 타고
미지의 세계로 여행길 떠나니
부초 같은 인생 이로 구나

사는 날엔 좋은 일 많이 하려고
뜻을 세워도 마음대로 되지 못하고
아침 이슬처럼 사라지는 구나

고향생각

고즈넉이 아름다운 고향의 뒷산 언덕
더듬어 고향생각에
언제나 마음은 소녀다

내가 나고 자란 고향은 산청이다
푸른 숲 우거진 수계정에
경호 강 맑은 강물이 유유히
돌아서 흘러갔다
그 경호 강에는 은어도 많았다
여름이면 친구들과 멱을 감고
물장구치던 즐거운 추억들
지금 그들은 모두 어디에서 살고 있을까
그때의 감정들이 아득하게 떠올랐다

우정을 담은 흑백사진은 빛바래고
흰 구름 같은 머리카락 날리는
노인 속에 떠도는 어린 소녀는
높새바람에 옷깃을 여미누나

어버이의 크신 사랑

부모님께서는
칠 공주와 아들 삼형제를 낳으셨다
나는 셋째 딸로
할아버지와 할머니의 사랑을 독차지했다
왜냐면 아들 선호사상 때문에
내리 딸만 낳고 죄인처럼 지내시다가
내 밑으로 아들을 낳으셨기에
어머니의 기쁨은 가정의 웃음꽃이 피었다

소풍날이면 아버지와 어머니는
우리 모두를 위해 김밥을 만들고
명절 때면 꼬까옷으로 치장해 주셨다

낳아주시고 길러주신 어버이의 큰 사랑
어찌 평생 잊을 수 있으리오

소나무 그늘 아래서

지나간 날들을 돌아보면
검은 머리 백발이 날려도
아쉬움만 가득하다

꿈 많던 시절은 흔적 없이 흘러가서
못 다한 미련의 그림자는
검버섯 그림자가 얼굴을 덮었다

몸통은 굵고 구부정해
작은 나뭇가지 같은 자식을 의지 한다
웅크린 몸을 하고 걸어온 길
돌아보면 아득히 멀어지고

남은 삶에서 만났던 이들을 벗 삼고
힘닿는 대로 베풀다 가리라

커피 한 잔의 여유

아침을 먹고 난 후
당신이 타주는 커피 한 잔
은은한 향에 도취된 나
모든 시름 다 잊고
행복하여 마냥 즐겁다

언제 어느 때나 함께한 희로애락
당신의 넉넉한 마음 씀에
여유로운 노후의 안락함

커피 잔을 두 손으로 모아 쥐고
느림의 미학으로 젖어들 때
감사한 마음이 커피 잔에
찰랑 거린다

주님께 감사

주님께서 저의 가정을
이토록 지켜 주심에 감사 합니다
저의 꿈나무 사남매들이
모두 한결같이 성공한 사람으로
살아가게 해주신
모든 은혜 이 모두가
주님께서 보살펴 주심에 감사 합니다

94세 의 영감도 건강 하시니 감사 하고
저도 맡은 바 일과를 잘 해나갈 수 있게
건강 주신 주님께 감사 합니다

늘그막에 옴츠려들던 내 마음도
나그네의 마지막 여유로움도
온몸으로 느끼며 주님께 감사 합니다

마음의 숲에서

지배선문병원 주산보호시설 마음의 숲
시간 무료함도 달래고
보람된 일상을 통해
일주일에 두세 번 근무 한다

동료들의
무언의 친절함에 감사하고
누가 뭐라 하던 간에 나의 선택을
늘그막에 할 수 있어 감사 한다

말 못하고 누워 있는 분들의
희미한 미소에 연민을 느끼며
안타까운 마음 금할 길 없어라

그대는 나의 수호천사

든든한 나의 지킴이
항상 옆에서 챙겨주시는 그대
고마움 잊고 지나는 날이 많지만
그대는 나의 수호천사라오

늘 상 곁에 있으니
그러려니 하고 살았는데
곰곰이 생각해보니
무심했던 내가 죄송해요

약은 먹었느냐
핸드폰은 챙겼느냐
잔소리 같지만
살뜰히 돌아보아 주는
그대는 영원한 나의 수호천사라오

요양병원으로 간 친구

삼사리에 들려는네 선화소리
소꿉친구의 소식이다
일주일에 세 번 투석을 하다가
화장실에 쓰러졌다고 한다

철부지시절 밥만 먹으면
우리 네 명은 모여서
그 친구 집 창고에서 숨바꼭질
놀다 더우면 등목도 서로 해주고

지금 황혼의 뒤안길에서
나보다 두 살 아래 친구의 비보에
황망해져서
인생의 무상함에 눈물이 쏟아졌다

달력을 넘기며

그 언제라도 봐야하는 달력이다
자고 나면 후딱
화살처럼 세월은 흘러가고

달력을 볼 때 마다
이 달은 무슨 일이 있을까
누구의 생일인지
누구의 기일인지
살펴가며 동그라미 친다

달력을 한 장 씩 넘길 때면
서글픈 인생사 잡을 수 없어
한숨이다

비가와도 눈이 와도
세월을 비껴갈 수 없으니
달력을 뒤적거릴 때마다
가슴이 짠해진다

3부. | 하늘의 천사 흰 구름

하늘의 천사 흰 구름

변덕쟁이 하늘나라
파란 쪽빛 하늘 그 가운데
하얀 옷을 나풀거리며
춤을 추던 천사무리

어느새 먹구름으로 변해서
억수로 장대비를 퍼붓더니
순식간에 태양이 온통
폭염으로 바꾸어 버렸다

더위에 지친 몸을
불어오는 바람에 내맡겨도
별 수 없고

찐빵 같은 흰 구름이 부풀어 오르듯
몸이 다시 타올라
뜨거운 몸 냉수로 달래본다

후회

세월이 화살 같다너니
화 붙어 닥치는 찬바람에
검은 머리 백발이 될 줄이야
꿈 많던 옛 모습 그리며
못 다한 미련일랑 잊어야 하나
남아 있는 세월이나
내가 맡은 바 일에
최선을 다 해서 살아내고 있다

변덕쟁이 날씨

사월에 봄 날씨가 겨울 추위와 같다
뉴스에는 118년 전 그 날씨와 같다고 한다
개나리 진달래 벚꽃이 피었건만
지구 온난화 때문이라고 한다

비바람 불면 부는대로
눈보라 치는 대로
우리네 인생은 세월의 흐름에
흘러갈 뿐이라서

엊그제 눈보라도 화살 같이 스쳐가니
가벼운 마음가짐으로
구순의 길을 흐뭇하게 걸어가리라

부용천 갓길

파란 녹음의 숲길을 걷는다
이름 모를 풀벌레와 물소리는 정적을 깨운다
잠시 걸음을 멈추고 벤치에 몸을 맡겼다

태양은 녹음 사이로 방긋 웃고
시원한 실바람이 날 반긴다
오월은 신록의 계절이라고들 하지

붉은 태양 언저리에 하얀 솜털 구름
나의 고독과 친구 한다
홀로 걸어 물가에 이르니
다리 아래 마중 나온 잉어 떼가 반겨준다

자연의 찬란함 속에
새로운 힘을 얻고 꿈꾸게 하는 날
나는 구름 타고 하늘을 나는 것 같구나

어머이 (경상도 사투리)

내 나이 구순에 불러보는 어머이!
오늘처럼 눈보라치는 날에는
새록새록 생각나는 어머이!
생각만 해도 당신의 아픈 이름

그 옛날 가마솥에 끓여주시던
맛있는 대구탕이 생각 나
오늘처럼 눈 내리는 날은
맛있는 국물비법이 무엇일까
어머이의 손맛이 그리워지는 오늘

가을 찬가

가을 하늘 아래
가냘픈 몸짓으로
하늘대는 코스모스 길
바람의 속삭임에 춤을 추는
꽃길을 걸으며 꿈을 꾸고 있다

사랑의 추억들을 지나쳐온 길에서
수많은 꿈만 꾸다가는
가을 끝자락에 서서
해마다 나이를 깜박 잊어버리고
인생의 꽃잎 그리며 걸었다

우리 모두의 독도 사랑

울릉도에서 발길을 돌려야 했던 여행길
파도가 길을 막아 가고파도 못가고
되돌아오는 안타까움을
바닷새의 날갯짓에 눈길만 따라갔다

사진으로 뉴스로 보는 우리의 땅 독도
동해의 쪽빛 고운 물결 눈부시고
굽이굽이 넘실대는 파도를 벗 삼아
독도에 둥지 틀고 조잘대는 새들의 고향

한 번 더 가고파라, 아름다운 독도야!
황혼 길 닥쳤으니 언제 가볼까
애타게 바라보다 돌아서던 가슴을
바닷바람이 알아줄까

거꾸로 가는 봄

조서녁 내렸넌 눈이
세차게 부는 바람에 날려가고
나무에 하얀 물방울이 엎혀 있다

쌀쌀한 냉기를 감싸고
행여 눈길 넘어질 염려에
닳아버린 운동화를 신발장에 넣고
밑창 날카로운 신발로 갈아 신었다

하얀 눈꽃도 소리 없이 지고 말아
알싸한 바람 마스크로 가리고
따뜻한 옷의 온기에 힘입어
미끄러운 길 피해 걸었다

기도하는 마음

아침 해가 솟아오르면
눈을 뜨고 해를 볼 수 있어
주님께 감사 합니다

옆자리 지켜주는 영감이 무사한 것에
주님께 감사 합니다

불편한 몸이지만
새로운 하루를 선물해 주신
주님께 감사 합니다

냉장고를 열어 보고
네 남매들이 교대로 채워주는
먹거리를 맛있게 먹고 힘을 얻게 되니
주님께 감사 합니다

어버이날에

사성의 날 오월이 바쁘나
아들딸의 정성어린 봉투 받고
맛 집 찾아 대접해주니
고맙고 미안한 생각에 가슴 찡 하다

가끔은 너무 오래 살아서
자식들 신경 쓰이게 하는 것 같다
주말마다 번갈아 찾아와
냉장고 채워주고 용돈 주고

마음대로 안 되는 생로병사
노인 수발에 힘들까봐
사는 동안 운동하고
많이 움직이려고 노력하다가
조용히 눈감고 싶은 소망이다

감사의 마음

감사 합니다. 오늘의 저의 영광
축하 합니다. 지인들의 칭송
이 모든 영광은 저 높으신 분의 배려

감사 합니다. 오늘의 이 영광
나의 삶이 주위 많은 분께
미숙하나마 위안을 드리는
시인의 길을 걷게 하시는
저 높으신 분께 영광을

종이컵 유감

가족 나들이에 쏙 챙기는 종이컵
커피통과 단짝으로
야외 나들이에 필수품이다

일회용 컵의 쓰임새는 얼마나 갈까
정부 환경청에서는 일회용 컵을 없애자는 구호다

가벼워서 좋고 휴대하기 좋고
그동안 안일하게 편한 것만 생각했다

그래, 가족들과 의논해서
불편하더라도
하다못해 플라스틱 컵이라도 준비하자

산을 오르면

바람소리에 이끌려
부용산을 올라보니
솔잎 향 가득 품은 바람이
겨드랑이 사이로 스며들었다

시원한 그늘을 내어주는 나무들
큰 나무와 작은 나무 사이를
산들바람이 땀으로 얼룩진 얼굴을
스스럼없이 어루만져서 기쁘고
삶의 작은 순간이나마
소중하게 느낄 수 있으니
이보다 더 고마울 수 없다

시월이 오면

시월이 오넌
황금빛 들판이 그리워져요

시월이 오면
탐스럽게 익은 사과가 그리워져요

시월이 오면
불타는 가을 산이 그리워져요

시월이 오면
구름 한 점 없는 하늘이 그리워져요

시월이 오면
가마솥에 밀전병 쪄주시던 할머니가 그리워져요

마음이 따뜻하게 데워지는 것 같아
기쁨, 행복, 여유를 누리며
계절의 모든 색과 모양에 만족을 느껴요

가을은 바람 따라 멀리 가고

소나기와 더불어 가을은 가고
아침저녁으로 찬바람 불어오니
옷깃을 여미고 움츠리게 된다

계절은 속절없이 가고오고
이맘때는 어머님 생각이 간절하다
감기 들지 않게
옷 챙겨 입히고 머리까지 매만져
구구절절 돌보아 주시던 어머니!

어머니 생각만 해도 가슴 저미는 이름
십남매를 하나같이 감싸 안아 주시던
그 시절은 어떻게 우리들을
잘 길러 주셨을까

계절이 돌아올 때마다
더욱 더 감사하고 그리운 어머니!

봉선사를 관람하고

아늑납고 고스넉한 봉선사
여인의 애증의 산물인가
사모의 정을 불심으로 불태우고
가신님의 명복을 부처님 전에 기원하며
기도와 예불로 사랑을 불사르고

구석구석 알알이 맺힌 사모의 정을
보는 마음 살뜰했던 많고 넓은
애정의 산물들
시월의 무르익은 단풍이
님 향한 불길로 타올라
봉선사 풍경소리로 퍼져갔다

TV로 보는 금강산

금강산의 가을풍경 산수화 한 폭
시월의 끝자락은 금강산의 화려한 자태
가보지 못하고 영상으로만 봐도 반갑다

황혼 길에 꿈에라도 가보고 싶은 금강산
TV로만 보아도 황홀 하구나
가고파라, 그리운 금강산아!

광릉수목원

오천년 유구한 역사를 지닌 국립수목원
울긋불긋 고운 물감 뿌려놓은 듯
산수화를 보는 것 같다

몇 해 전에 신록이 무성한 오월에도 왔었다
가는 곳마다 푸름과 향긋한 풀 냄새
새들의 지저귐이 꽃동산을 이루었었다

가을은 깊어만 가고
빨간 잎 노란 잎 색색으로 물들어
겨울을 준비하느라고
맹렬히 빛을 내고 있다

이렇게 좋은 구경을 시켜주신
송산복지관 관계자 분들에게
감사 합니다

단풍과 은행 잎

먼 산은 울긋불긋 단풍들고
길거리 은행나무는 노랗게 변했다

가을 짧은 햇살은
온 산천을 화려한 채색 옷으로 입혀
그리움으로 곱게 물들였다

바람에 나뒹구는 예쁜 나뭇잎들이
할 일 다 했다고
먼 여행길을 서두는데

문득 석양에 서 있는 내 그림자
황혼길 멀지 않은 인생이
지는 해를 바라보는 애달픔이여!

공기

아침에 눈을 뜨고 숨을 쉬면
하루가 시작이다
공기의 고마움을 느끼며
우주 만물을 주관하시는 높은 분
그 분께 감사드린다

삼라만상 모든 생물들은
즐기고 누리고 기뻐하고 꿈을 꾸고
그렇게 정신없이 흘러가며
공기의 소중함을 망각 한다

살아 있는 생명체는
호흡을 멈추면 살 수가 없는 것을
오월의 청 보리처럼
공기의 흐름에 일렁이며
모두가 감사로 살았으면 하는 바램이다

국립김천치유의 숲

파독재단에서 1박2일 힐링여행을 가게 됐다
도농역을 출발한 bus는
오월의 싱그러운 녹음 속을 달리고 달려
목적지에 닿았다
뭉게구름 꽃피우는 숲길을
꼬불꼬불 걷다보니 실개천이 흐르고
향긋한 풀냄새와 새소리에 상쾌해졌다
일행들 등산 팀과 요가 팀으로 나누어졌다
우리 3명은 실내 족 욕을 즐기고
산채나물에 제육볶음을 먹은 후
숙소로 돌아와 오순도순 이야기꽃에
회포를 풀고 늦잠이 들었다

돌아오는 차내에서는 노래도 부르고
재미가 쏠쏠해서 지루한 줄 몰랐다
이런 여행이 자주 있으면 좋겠다

세월에 지우개가 있다면

세월아, 매정한 세월아!
네가 얼굴이 있다면
철판의 주름 같은 기억을 지우고 싶다

눈이 있다면 앞만 보고 갈 것이 아니라
산도 보고 들의 꽃도 보고 꽃향기 맡으며
쉬엄쉬엄 가거라

듣는 귀가 있다면
바람소리에도 귀를 열고
누구의 하소연도 들어주고 가거라

흐르는 물처럼 돌고 돌아 일렁이며
언젠가 닿는 곳에 이르면
손들어 멈추어 다오

4부. | 할미꽃 정원

시문학에 입문하다

뒤늦게 찾은 시문학 교실
송산복지관을 여러 해 다녔지만
알지 못하고 지나쳤는데
지인의 소개로 갔더니
대지의 미소처럼 모여 앉은
들꽃 같은 밝은 환대에 반하여
시 공부를 시작했다

냉이 달래 씀바귀
민들레와 질경이 개망초 고들빼기라고
이름 대신 나름대로 불러보며
나는 할미꽃이라고 하고나니
시인의 영감이 떠올랐다

시문학 전당에서 머리 맞대고
시가 대든지 말이 되는지
일단 시작하고 보니 뿌듯하다

할미꽃 정원

활짝 피었다 시드는 할미꽃
봉우리 갓 핀 할미꽃
세월의 끝자락에 모인 꽃들
늦은 나이 오라버니

시문학동아리에 모여
만나면 반가워
웃고 즐기고
격려하고 섬기며

시인의 꿈 펼치는
할미꽃 정원
사랑하는 벗들이여
즐기자!

수요일이 기다려지는 것은

작은 거인 시문학 강사님
열변과 재미있는 재담에
두 시간이 언제 지나갔는지

닮고 싶은 당신의 그 길을
소중히 하며
각자의 시인 공부에 열중 한다

화요일은 수영장에서 시간을 보내고
수요일은 시문학 공부
요즈음은 살맛나는 날이 많다

경이로운 무대

인생 88세에 이룬 청운의 꿈
젊은 날을 숨 가쁘게 살아내고
전설 같은 주인공이 되고 있는
일본의 '시바다 도요'님을 비유하여
시인의 명패를 달았으니
지나온 발자취를 다시 돌아보게 된다

내 삶의 무대는 경이로움이다
내 남편은 내가 미수가 될 때까지
빛을 내주려고
조연의 역할을 마다 않으셨고
네 남매는 나를 위해서
조명을 담당하여 밝혀주느라고
힘써 최선을 다 해주고 있다

아쉬움도 미련도 서러움도
구십 고개 바라보며
다 이루었으니 여한이 없다

달맞이 꽃

달맞이꽃이 다소곳이 피었다
달 보고 피는 꽃이라 달맞이꽃이라는데
봉긋이 피어오른 꽃에
호랑나비 줄지어 날아들고
보는 마음 즐겁다

달 보고 피는 꽃이 아니고
낮에도 피어 무심한 바람에 흔들려
오가는 길손들 널 보는 기쁨
꽃 피우고 또 피어서 나그네 반기니
산책길에 오가며 널 반기리라

박 권사님

해질 무렵 박 권사님과 만나서
부용천 뚝 방 길을 걸었다
느긋하게 시간을 가지고
이런저런 이야기 나누고 걷다보니
오랜 친구 같기도 하고 여동생 같이 정답다

어룡역 까지 걸어서 갔다가
늦은 시간이라 각자 집으로 향했다
살면서 진정으로 값진 것은
좋은 친구가 되어주는 사람이 있다는 것

항상 고맙고 좋은 사람 박 권사님
점점 푸름이 짙어지는 초목처럼
한없이 고마운 정을 쌓는 우리 두 사람

내 마음의 행복 길잡이

뜬 구름 같은 인생길에
그대가 옆에 있어 매일이 행복에 넘치고
옷깃을 여미게 하는 감사한 그대

젖은 손 잡아주며 위로해주는 그대 있어
하루하루 보람으로 사는 기쁨
황혼길 외롭지 않게 함께 가요

험한 길도 살펴가고
기쁜 일도 함께 즐기며
세상을 떠날 때도 같이 가요

기도하는 마음으로 한결 같은 우리
눈 감는 그 순간까지 손잡고 가요

흐르는 물과 같은 인생

깊어가는 가을 바람결에
낙엽은 휘날려가고
공허해지는 마음 가눌 길 없어
아련한 추억을 불러 온다

멀어져간 옛 친구들 생각에
그리움은 파도치고
텅 빈 가슴으로 밀려드니

내가 살아온 길에 소용돌이 치고
굽이쳐 흘러와
흐르는 물처럼 사라지는 아쉬움에
희미해지는 옛 추억을 잡아 본다

바람아 멈추어다오

바람아 얄미운 바람아
짓궂은 바람아
차가운 겨울바람아
이젠 제발 멈추어다오
바깥나들이 길이 너무 힘들다

바람은 등을 밀어대며
여민 옷매무새를 흩뜨리니
꽁꽁 싸맨 목수건도 소용없으니
제발 차가운 바람아
나의 일상을 힘들게 하는 구나

눈이 내리면

어린 시절엔
눈이 오면 얼마나 즐거워했는지
눈을 굴려서 눈사람 만들고
눈을 뭉쳐 눈싸움을 하며
천진난만 한바탕 구르며 웃었지

지금 나이에는 눈이 두렵다
눈 내리면 몸을 움츠리고
넘어지지 않으려고 조심조심
크게 다칠까 오싹해져
눈길을 구부정히 걷게 된다

겨울의 문턱에서

하루가 다르게 추위가 엄습해
진저리를 치게 된다
올 여름은 더위가 극성을 부렸는데

무더위가 물러가니 했는데
소나기 서너 번에 추위가 몰려와
조석으로 찬바람 닥치고
초겨울 날씨가 되었다

가는 세월 어찌하나
하지만 더위 보다는 추운 겨울이 좋다
올 겨울은 추위와 겨루어 보리라

탑석공원

엊그제까지만 해도 푸르던 탑석공원
그늘에 앉아 잠시 쉬었다 걷던 공원 길
어느새 곱게 물들었던 단풍도
바람에 불려가고
앙상한 가지들끼리 서로를 위로하고

참새들은 나뭇가지 사이를 오가며
모이를 찾아 분주한 날갯짓
머지않아 눈이 내려쌓이면
어찌할까 파닥대고 있다

이 길을 걷고 있는 나도
쓸쓸한 마음 말할 수 없이 초조하다

겨울과 공존하는 봄

계절은 봄이라는데
아직 끝나지 않은 겨울
진눈깨비 눈이 쉴 새 없이 내려
찬바람에 옷깃을 여미고
발걸음이 허둥거렸다

마음은 따뜻한 봄을 그리고
하늘엔 흔드는 구름 몰려와
허한 가슴을 달래준다

꽃은 피지 않아도
꽃내음 가득 안고
스르르 눈 감을 때
웅크린 추위 몰아내는
봄 문이 환하게 열리고
내 마음에도 따스한 바람 분다

봄을 잃어버린 계절

봄이라고 생각하는 순간 가는 줄 모르게
어느새 초여름 날씨다
땀이 정수리를 적신다

나는 오뚝이처럼 일어나
'마음의 숲'에 출근했다
이곳에서 나의 일과가 정해져 있어
내 스스로 가벼운 청소를 하고
쉬는 틈틈이 글도 쓴다

올봄은 시치미 떼며
계절을 세대교체하고
여지없이 더위를 빨리 몰고 왔다

눈 내리는 날의 공포

한해의 끝자락에 눈이 내리고
칠팔년 만에 큰 눈사태라고 야단들이다

아파트에 세워둔 차들 위에도
탑석 공원의 나무들도 눈이 쌓여
보이는 것은 모두가 하얗다

눈은 내려 시름겨운데
느긋하게 영감과 같이 커피 한 잔 나누며
눈길에 외출을 삼갈 것을 당부 한다

백설의 세상

봄을 시샘하듯 함박눈 내려
온 세상이 백설의 나라다
아파트 단지에 모든 자동차도
화단의 꽃나무들도
흰 눈을 뒤집어쓰고
하얗게 바뀌었다

봄맞이 미련일랑 흰 눈에 내어놓고
동화 속 같은 눈 나라 바라보고 있으면

운동 나온 강아지 눈 위에
발자국 조르르 남기고
이리 뛰고 저리 뛰고
거침이 없다

폭우

뉴스를 들으면 폭우로
많은 사람이 죽고
가축들이 유실대고
농경지는 토사로 묻히고
가옥들이 파손했다고 한다

가슴 아픈 현실에
감히 떠들어대지도 못하고
아직도 뉴스에는
비가 더 올 것이라고 하니

높으신 하나님께 간절히 기도할 수밖에는
별다른 생각이 없다
이제 이 나라를 긍휼히 여기시어
그만 비를 그치게 하오시며
너그러이 보살펴 주소서

장대비

바람이 분다
나뭇잎이 흔들린다
빗방울이 후 두둑 하더니
장대비가 쏟아졌다
천둥마저 굉음을 내며 우르릉 쾅
오늘은 아쿠아로빅 운동을 쉬기로 했다

그런데 영감님은 장화를 꺼내 신고
출근을 하신다고 우산을 챙겼다
구십을 넘긴 나이에 나가신다니
걱정이 앞을 섰다

퍽퍽한 세상살이에 삐거덕거리는 온몸이
두들겨 맞은 것 같이 시리다
삶을 산다는 것
내가 나를 보살펴야지

가을 새벽에

낯밤을 가리지 않고
요란하게 울어대는
귀뚜라미 소리에
떠나온 고향생각 간절하다
가을은 깊어만 가고
속절없이 그리운 그 옛날이
꿈속에도 바람 되어 스치고
또 한 계절의 달력을
조심스럽게 넘기며 한숨 진다

경포 호

달빛 품은 경포 호
물결은 찰싹대며 밤은 깊은데
나그네 쓸쓸한 마음
달님은 무심히 내려다보고

어둠에 잠겨 검푸른 물결
호수의 깊이는 얼마일까
잔잔한 물결은 바람에 일렁이는데
나그네 가슴은 보름달만 보네

화분에 가득한 꽃

정성을 품어 물을 주는 손끝으로
잎 새 돋아내어 내미는
밝아오는 새날 맞아
숨결을 가다듬고 꽃이 피었다

피고 지는 꽃잎마다 방긋 웃는
생명의 향기
우울한 마음 떨쳐내고
헝클어진 상념들이
하얗게 꽃으로 피어났다

나의 일상

밤새 곱게 피었던 꽃
잔 이슬에 잠이 들고
앗상한 가지 위에 부서리가 내렸다

늘그막에 미지의 세계로 한 발짝 내딛고
종잡을 수 없는 생각들을 삭이며
남은 삶을 위해 봉사하며 살고 싶다

넉넉한 마음가짐과
언제나 베풀고도 감사하는 자세로
나눔을 실천하여 나가고 싶다

꽃에 스민 생명의 詩魂

꽃에 스민 생명의 詩魂

양지연 시인의 시집 『황혼에 비친 달』

김수연(시조시인·문학평론가)

　양지연 시인의 시는 다감과 신뢰를 연결하는 절차로 작용한다.
　시인의 시편마다 꽃을 소재로 노래하는 것은 꽃이 인간의 사는 일과 존재의 의미를 갖추고 여러 가지의 형상으로 받아들이는 생성 변화에서 자신을 대신하는 상징물로 사용하고 있으며, 이 지구상에서의 생명체 중에서 오랜 세월 꽃의 모양과 색과 향으로 그 변화를 멈추지 않고 인간이 살아가는 도정道程에 태어남과 성장과 장년과 노년의 매듭과 같이 진행되면서 우리 삶의 새로움과 노래를 안겨주고 있다.

　　뚝 방길 위에 벚꽃이 활짝 피었다
　　사월의 싱그러운 바람타고
　　개나리와 영산홍이
　　봄바람의 유혹에 춤추고
　　아름다운 꽃길 걷는 나도

그냥 즐거워 꽃들처럼 흔들고 걸었다

젊은 날을 추억하며
옛 친구 생각에 젖어
벚꽃 길 놓여 진 벤치에 앉아
파란 하늘 떠가는 구름에
내 안의 소녀가 둥실 떠 있다

한 잎 두 잎 날려가는
진 꽃 잎 같은 노인 속에
어린아이로 다시 봄이 찾아 왔다

- 「벚꽃 속에 내가 있다」 전문

대지의 미소처럼 모여 앉은
들꽃 같은 밝은 환대에 반하여
시 공부를 시작했다

냉이 달래 씀바귀
민들레와 질경이 개망초 고들빼기라고
이름 대신 나름대로 불러보며
나는 할미꽃이라고 하고나니
시의 영감이 떠올랐다

시문학의 전당에서 머리 맞대고

시가 되든지 말이 되는지

일단 시작하고 보니 뿌듯하다

– 「시문학에 입문하다」에서

　이렇게 양지연 시인의 정신 문법은 온통 꽃의 원소로 이루어진 정경을 연출하게 된다. 꽃이라는 대상을 통해 자기화의 길을 만들어 간다. 그러면서도 그의 시가 수시로 묘사되는 지점에서 머무름에 있지 아니하고 인간의 일상과 주관적인 상황을 중심으로 삼고 있다. 자연에 깃든 사물이든 인간관계에서 건에도 자신의 내면 의식은 밝은 에너지를 표출하고 있다.

　양지연 시인의 인연 여행은 살아가는 과정 속에서 사랑의 정점이라고 할 수 있는 가족의 안녕이라는 점에서 즐거움을 느끼는 것과 같이, 스스로를 추스르는 마음이 괴로움으로 느끼지 않고 시로 확실한 표정을 연출하고 있다.

우리 부부에게도

꿈 많던 젊은 시절을 보냈다

사는 동안 모진 폭풍우도 수 없이 겪었고

매서운 눈보라도 수 없이 불었다

그런 시련 속에서도
사남매를 낳아 잘 키워내고
눈바람 맞서서 과묵히 지켜주며
밝은 에너지의 시간으로 채워주던
그 시절이 그립다

오랜 세월에 이끌려 어느새
고목이 된 느티나무
아직도 푸른 꿈 높은 나무로 서 있다

천생 열정과 부지런함으로
구십 사년의 꿋꿋한 모습은
세월의 무상함이 고목으로 버티고 섰다

- 「고목이 된 느티나무」 전문

　인간이 살아가다보면 희喜와 비悲는 일방적으로 다가오는 것이 아니고, 삶의 무게만큼 애환이 교차하면서 곡절 많은 삶을 지속하게 된다. 대상에 절대의 신뢰를 보내는 긍정의 모양으로 헌신하는 살아온 날들의 보상을 의도적으로 내장하고 있다.

인생 88세에 이룬 청운의 꿈
젊은 날을 숨 가쁘게 살아내고

전설 같은 주인공이 되고 있는
일본의 '시바다 도요'님을 비유하여
시인의 명패를 달았으니
지나온 발자취를 다시 돌아보게 된다

내 삶의 무대는 경이로움이다
내 남편은 내가 미수가 될 때까지
빛을 내주려고
조연의 역할을 마다 않으셨고
네 남매는 나를 위해서
조명을 담당하여 밝혀주느라고
힘써 최선을 다 해주고 있다

아쉬움도 미련도 서러움도
구십 고개 바라보며
다 이루었으니 여한이 없다

– 「경이로운 무대」 전문

　양지연 시인의 시는 진실한 정신세계에서 종교적인 책무를 감당하고 있다. 시인의 삶의 이면에서 반복되는 이야기는 희생과 봉사의 정신으로 경건하게 다가온다.
　시는 개념이 아니고 자연과 사물의 풍요로운 경험에서 웅장하고 장엄한 그림들로 시인이 살아오는 동안 경험했던 일상들로서 따뜻함이 배어있고 모두에게 살가운 미덕을 전해주고 있다.

  양지연 시인의 시편들은 자연과 인간의 삶을 연결하는 시적 묘사는 인생의 심오함을 노래하고 있어서 잔잔한 감동을 준다.

  앞으로 시인의 노후의 삶이 믿음과 사랑으로 가득하기를 기원 합니다.